VAMPIRE

Hauke Kock

VAMPIRE

Fürsten der Finsternis – Wahrheit und Legende

CARLSEN

Alle Illustrationen (außer den im Folgenden genannten Abbildungen) von Hauke Kock.

Abbildungsnachweis:
Seite 15: Johann Heinrich Füßli, Die Nachtmahr, abgedruckt mit freundlicher Genehmigung des Archivs für Kunst und Geschichte GmbH, Berlin
Seite 40: Illustration von Magdalena Hanke-Basfeld aus: Sommer-Bodenburg, Der kleine Vampir. Reise zu Graf Dracula
© C. Bertelsmann Verlag GmbH, München 1993
Seite 48: Vlad Tepes speist unter den Gepfählten, abgedruckt mit freundlicher Genehmigung des Archivs für Kunst und Geschichte GmbH, Berlin
Seite 53: Edvard Munch, der Vampir, © The Munch Museum/The Munch Ellingsen Group/VG Bild-Kunst, Bonn 1998

1. Auflage 1998

Satz und Lithographie: KCS, Buchholz
Druck und Bindung: Proost, Turnhout
Printed in Belgium

Inhalt

Die unheimlichen Untoten

Ein schauriger Blick ins Grab

Langsam versinkt die rotblasse Sonne hinter den Hügeln. Die Menschen eilen in ihre Häuser. Das Vieh ist mit Heu versorgt, das Feuerholz wurde gehackt und liegt bereit. Daheim werden die Türen und Fenster sorgfältig verriegelt. Wer nun noch anklopft, dem wird nicht geöffnet.
Während sich die junge Bäuerin Stanacka am Feuer wärmt und ihr Abendmahl verzehrt, spricht ihr Schwiegervater leise über diese merkwürdigen Vorkommnisse, die das einzige Thema sind in den Dezembertagen des Jahres 1731 in Medvegia an der Morava.
Stanacka zieht fröstelnd den Mantel enger um die Schultern. Ihre Stirn legt sich in sorgenvolle Falten, als sie mit müden Augen die tanzenden Flammen betrachtet. Wie soll die Familie den Winter überstehen, jetzt, nachdem die Hälfte ihrer Schafe verendet

Im Fieber glaubt Stanacka, nachts von einem Vampir heimgesucht zu werden.

sind? Prüfend wandert ihr Blick noch einmal zur Tür. Diese allgegenwärtige Angst im Dorf ist ihr unheimlich. Sie versucht die Geschichten und die Sorgen aus ihrem Kopf zu verbannen, und als sie spürt, wie die Müdigkeit in ihre Gliedmaßen kriecht, erhebt sie sich langsam und geht zu Bett.
Die Kerzen sind gelöscht, und bald kehrt Ruhe ein; nur von draußen hört man den Wind, wie er um das Haus heult und durch das kahle Geäst streift. Ab und zu bellt irgendwo ein Hund.
Um die Stunde der Mitternacht durchschneidet plötzlich ein entsetzlicher Schrei die Stille. Alle im Haus sind mit einem Schlag wach; Rufe: Was ist passiert? – Mach doch einer Licht!
Sie finden Stanacka, aufrecht im Bett sitzend, sie betastet ihren Hals und zittert am ganzen Leib. Die junge Frau ringt nach Luft, alle Farbe ist aus ihrem Gesicht gewichen. Mit aufgerissenen Augen starrt sie durch die anderen hindurch, denn ein unfassbares Grauen hält sie mit seinen Klauen gepackt und lässt sie nicht mehr los.
Atemlos und stockend klagt sie, ein Mann sei gekommen, der sich auf sie gelegt und am Hals gewürgt habe. Sie hat diesen Mann erkannt, er heißt Milloe. Und nun stehen auch die Verwandten fassungslos und starr vor Schrecken. Denn besagter Milloe war einmal ihr Nachbar – doch er liegt schon seit neun Wochen tot und begraben auf dem Friedhof.
Voller Entsetzen muss ihre Familie mitansehen, wie es Stanacka von Stunde zu Stunde schlechter geht. Mit starken Schmerzen in Brust und Bauch wälzt sie sich schweißnass im Bett. Niemand kann ihr helfen, nichts lindert ihren unstillbaren Durst.
Sie wird immer schwächer und im Fieberwahn jagt sie ein wiederkehrender Alptraum, in dem sie selbst nach ihrem Ende keine Ruhe im Grab finden kann. Schließlich, nach qualvollem Siechtum, stirbt sie am dritten Tag.
Und in Medvegia erzählt man sich, dass die Vampire ein neues Opfer gefunden haben.

Johannes Fluchinger ist kein abergläubischer Mensch. In seinem Beruf als Regimentsarzt ist er den rauhen Umgangston unter Soldaten gewohnt, und mit seiner medizinischen Erfahrung glaubt er, allen Schrecknissen dieser Welt gewappnet zu sein.
Während die Kutsche durch die kahlen winterlichen Felder der serbischen Provinz rumpelt und ihre Insassen schüttelt, schaut Fluchinger nachdenklich aus dem Fenster. Er ist als Leiter einer Untersuchungskommission unterwegs nach Medvegia, um die dortigen Vorkommnisse einer gründlichen Prüfung zu unterziehen. Das Oberkommando in Belgrad war durch dramatische Meldungen beunruhigt und zeigte sich besorgt, dass die Situation in dem kleinen Dorf außer Kontrolle geraten könnte. In den letzten drei Monaten sind dort siebzehn Personen auf rätselhafte und unheimliche Weise verstorben – oder wurden sie umgebracht?
Fluchinger hat schon von ähnlichen Fällen gehört, wilde Gerüchte, die seit einigen Jahren in den östlichen Grenzregionen des großen K.u.K.-Reiches kursieren. Es sind sagenhafte und kaum glaubliche Schilderungen von wandernden Untoten, von Menschensaugern, die man im Polnischen „upyr“ und im Ungarischen „vámpyr“ nennt. Doch der Mediziner ist sich sicher, wenn etwas an diesen Geschichten dran sein sollte, dann muss es eine natürliche Erklärung geben.
Als Fluchinger und seine Begleiter endlich

Medvegia erreichen, werden sie schon vom Dorfvorsteher, einem Haiduken-Hauptmann, und den Dorfältesten erwartet. Sie alle sind gestandene Männer, mit wettergegerbten Gesichtern, Bärten und von der Arbeit schwieligen Händen. Doch in ihren Augen glimmt die Furcht. Fluchinger schaut sich um: Eine Hand voll Hütten und Bauernhäuschen, windschiefe Ställe und eine bescheidene Dorfkirche. Nichts an Medvegia scheint außergewöhnlich, doch die Stimmung bereitet ihm Unbehagen. Er befragt die Männer, bohrt nach, sucht Antworten. Zuerst widerwillig und stockend, dann immer detaillierter berichten ihm die Dörfler von den Ereignissen. Und Fluchinger findet heraus, dass die Vampirseuche schon vor viel längerer Zeit begonnen hat.

Es war vor fünf Jahren, als der Haiduk Arnod Paole bei der Ernte vom Heuwagen stürzte und sich das Genick brach. Zu Lebzeiten hatte er oft erzählt, dass er von einem türkischen Vampir heimgesucht worden sei. Und um sich vor weiterer Verfolgung zu schützen, griff er zu einer ebenso fragwürdigen wie Ekel erregenden Gegenmaßnahme: Er aß Erde vom Grab des Vampirs und schmierte sich mit dessen Blut ein.
Die Erzählung der alten Männer wird immer märchenhafter und atemloser, doch Fluchinger lauscht gebannt. Man erinnert sich lebhaft an die Beerdigung von Paole und wie dann, ein paar Wochen später, plötzlich das Vieh verendete und einige Leute glaubten, den längst Begrabenen umherwandeln zu sehen. Doch das Unglück begann erst richtig, als vier Menschen erkrankten und starben – laut einhelliger Meinung die Tat des niederträchtigen Vampirs Arnod Paole.
Damals setzten sich die Männer zusammen und beratschlagten, was nun zu tun sei, wie man sich wehren könne gegen diesen dämonischen Feind. Sie alle wussten aus früheren Legenden, dass es nur ein Mittel gibt, das dem Vampir Einhalt gebietet. Also packten sie ihre Schaufeln und Hacken und

Die Ausgrabungen auf dem Friedhof von Medvegia im Januar 1732 brachten erschreckende Funde zutage.

zogen entschlossen hinaus auf den Friedhof. Als der Sarg endlich ausgegraben und der Deckel abgehoben war, ging ein ungläubiges Raunen, ein angstvolles Schaudern durch die Umstehenden. Mehr als fünf Wochen unter der Erde hatten Paoles Leib nicht zugesetzt. Er wirkte frisch und vollkommen, doch auf unheimliche Weise verändert, denn seine Haut und die Nägel hatten sich abgeschält, und darunter wuchs alles neu heran. Auch der typische Verwesungsgeruch fehlte. Doch das Erschreckendste war das Blut, das Paole aus Nase, Mund und Ohren floss und sein Totenhemd rot färbte; das Blut seiner Opfer. Er sah aus wie ein Mensch und war doch keiner mehr: Er atmete nicht, sein Leib weigerte sich, den Weg allen Fleisches zu gehen, die verdammte Seele war für immer in dieses Gefäß gesperrt; dafür soff er Blut, wahllos, gierig, tötend. Für die Leute aus Medvegia waren damit alle Zweifel weggewischt – Arnod Paole war tatsächlich ein Vampir, und die Angst der Menschen verwandelte sich in Wut. Hastig spitzte man einen Pfahl

zurecht. Und als das Holz mit kräftigen Hammerschlägen in das Herz des Ungeheuers getrieben wurde, entrang sich Paoles Kehle ein lautes Röcheln.
Da die Opfer der Vampire selbst zu Untoten werden, wie man Fluchinger eindringlich deutlich macht, unterzog man damals auch die vier Verstorbenen der gleichen gründlichen Behandlung. Fluchinger sieht das Flackern der Genugtuung in den Gesichtern der Alten und ahnt, wie sie sich die Beendigung der neuen Vampirplage vorstellen. Und er fühlt ihre Ungeduld wachsen.

Das Vieh!, denkt Johannes Fluchinger, als er am nächsten Morgen in die kühle graue Dämmerung hinaustritt. Hatte man ihm nicht berichtet, dass der Vampir Paole Schafe und Rinder tötete? Und dass die Leute trotzdem vom Fleisch der Kadaver aßen? Wenn es sich beim Phänomen der Vampire um eine Seuche, eine Epidemie handeln sollte, so könnten sich die Unglücklichen auf diesem Wege mit der Vampirkrankheit angesteckt haben. Fluchinger atmet innerlich auf, froh, dieser dämonischen Angelegenheit eine logische, eine wissenschaftliche Erklärung entgegensetzen zu können.
Nach kurzer Beratschlagung mit seinen Assistenten und den Dorfältesten kommt man zu dem Entschluss, die verdächtigen Gräber öffnen zu lassen. Die Neuigkeit verbreitet sich wie ein Lauffeuer in Medvegia, Männer, Frauen und Kinder strömen auf die Dorfstraße, tuscheln und blicken verstohlen zu den fremden Herren aus Belgrad.
Die Arbeit auf dem Friedhof gestaltet sich anstrengend, der Boden ist gefroren, und trotz der Kälte steht den Ausgräbern bald der Schweiß auf der Stirn. Sie machen sich am Grab der alten Miliza zu schaffen. Ihre Schafe lagen eines Morgens verendet auf der Weide, aber weil sie arm war, kochte sie das Fleisch. Sie verstarb vor drei Monaten, die Erste in der langen und unheimlichen Todesserie. Ob der Verdacht sich bestätigt?
Als die Schaufel mit einem dumpfen Pochen auf den Sargdeckel stößt, endet das Gespräch der Umstehenden abrupt. Mit Spannung erwartet Fluchinger die Öffnung des Sarges, doch der Anblick der toten Miliza lässt ihn frösteln. Er hat schon viele Leichen gesehen, aber niemals zuvor etwas Derartiges. Bis eben hielt er die Beschreibungen vom Fall Arnod Paole für Übertreibungen, ein Produkt überreizter Nerven, doch was hier vor ihm liegt, im winterfahlen Tageslicht, ist außergewöhnlich und offensichtlich unnatürlich.
Vampir!, raunt es aus den Reihen der Dörfler.
Später wird Fluchinger einen bemerkenswerten Umstand in seinem Protokoll festhalten: *„Es haben sich bey der Secirung die umstehende sämtliche Heyducken über ihre Fette und vollkommenen Leib sehr verwundert, einhellig aussagend, daß sie das Weib von ihrer Jugend auf wohl gekannt (haben), und (sie) Zeit ihres Lebens gantz mager und ausgedörrter ausgesehen und gewesen (sei), mit nachträglicher Vermeldung, daß sie in dem Grab eben zu dieser Verwunderungswürdigen Fettigkeit gelanget sey.“* (1) Dort liegt also eine Vampirin, wohlgenährt, gemästet mit Menschenblut.
Und während die blasse Scheibe der Wintersonne ihre flache Tagesbahn über den Friedhof zieht, wühlen sich die Vampirjäger weiter voran, schlagen ihre Hacken und Spaten in den gefrorenen Grund, öffnen Grab um Grab und brechen Särge auf. Das Ergebnis erschreckt Fluchinger: Von sechzehn

Letztes Mittel im Kampf gegen die Vampirseuche: Nach dem Pfählen und Enthaupten wurden die Leichen schließlich verbrannt.

exhumierten Toten befinden sich zwölf offensichtlich im „Vampirstande". Unter ihnen ist auch die unglückselige Stanacka. Die unverdächtigen Leichname werden still wieder beigesetzt, man bedauert ihre Totenruhe gestört zu haben. Doch an den Vampiren entlädt sich der Zorn der Dorfbewohner, ihre Wut über die langen Wochen der einschnürenden Angst, Rache für die vielen beklemmenden Abende hinter verrammelten Türen und die schlaflos durchwachten Nächte. Man schlägt ihnen mit Spaten und Grabscheiten die Köpfe ab und wirft die leblosen Körper auf ein großes Feuer, wo sie mit Qualm und Gestank langsam zu Asche verbrennen.
Fluchinger gebietet dem enthemmten Tun keinen Einhalt, und inständig hofft er, dass die Seuche mit dieser drastischen Aktion tatsächlich ein Ende findet. Als man die Asche der Vampire in die trägen, kalten Fluten der Morava streut, dämmert es bereits. Seinen ausführlichen Bericht der Ereignisse in Medvegia schließt der Regimentsmedicus am 26. Januar 1732.
Bald darauf sollten die Vampire in aller Munde sein.

Auf der Suche nach Erklärungen

„Zwischen 1730 und 1735 war von nichts anderem als von Vampiren die Rede", wunderte sich der große Denker Voltaire rückblickend, *„je mehr man verbrannte, desto mehr tauchten auf."*(2).
Die Berichte über Vampirerscheinungen in Ungarn und Serbien sorgten für erhebliches Aufsehen. In den großen Städten Mitteleuropas raunte man sich schon seit einiger Zeit die dunklen Gerüchte zu, die aus den entlegenen Provinzen des Ostens ihren Weg nach Westen gefunden hatten. Das Protokoll des Johannes Fluchinger jedoch war eine Sensation, weil es akribisch, ausführlich und scheinbar objektiv schilderte, welche Gefahr von den Vampiren ausging und wie man ihr begegnen konnte.

Nun meldeten sich auch Ärzte, Theologen und Philosophen zu Wort, die nicht selbst in den betroffenen Gebieten gewesen waren, und suchten nach Erklärungen für das Vampir-Phänomen. Dabei rätselten sie über die Krankheitssymptome der betroffenen Opfer; und mehr noch über den Zustand, in dem die angeblichen Blutsauger in ihren Gräbern aufgefunden wurden. Trotzdem mühten sich die meisten Kommentatoren um eine wissenschaftliche Betrachtungsweise und vermuteten natürliche Ursachen, auch wenn diese aus heutiger Sicht zuweilen abenteuerlich anmuten: *„Die Unverweslichkeit rühret bey denen Vampiren (...) von einem beygebrachten (...) Giffte her, und das sie neue Haut bekommen, geschicht bei Schlangen auch."*(3), meint ein Herr Vogt 1732.
Der Wahrheit viel näher kommt die *Preußische Societät derer Wissenschafften*, die Fluchingers Bericht ebenfalls 1732 kritisch zerpflückt und ihm Leichtgläubigkeit vorwirft: *„Was von einer Frauens-Person, Nahmens Militza, angeführet wird, daß selbige (...) unter andern auch an statt ihrer magern Leibes-Complexion fett und vollkommen gewesen, (...) kan dergleichen anscheinende Fettigkeit aus einer faulenden Jährung geschehen sein (...) wie denn auch (...) solches seine natürlichen Ursachen haben kan."*(4).
Auch Augustin Calmet bemerkt noch 1746 trocken: *„Man sieht täglich Leichname, welche nach ihrem Tode keine Verwesung zei-*

Der Alp – schwere, unheimliche Träume, das Gefühl eines auf der Brust lastenden Drucks; grauenhafte Visionen, die sich zur Todesangst steigern – ein der Vampirangst verwandtes Phänomen (»Die Nachtmahr« von Johann Heinrich Füßli, 1781).

gen und die rothe Farbe bewahren."(5). Das Siechtum der vermeintlichen Vampir-Opfer glaubt der Weimarische Medicus 1732 durch Tierangriffe erklären zu können, weil die Betroffenen *„von solchen insectis („Eidexen und Tarantulen") zur Nacht-Zeit im Schlaf gebissen würden, auf welchen Biß alsdann allerhand schlimme Symptomata folgten, so die Krancken dem Tode überlieferten.*"(6). Außerdem schreibt er die *„furchtsame Einbildung vor denen Vampyren"* dem *„Incubus, Alp, Nachtmännlein"* zu.

Auch der Marquis d'Argens mag 1738 einer tatsächlichen Erscheinung von Vampiren keinen Glauben schenken, weil *„die gemeinen Leute (...) Sachen, die nur ein wenig übernatürlich erscheinen, vergrößern"* und

stellt fest, dass es sehr leicht sei, *„daß gewisse Leute sich einbilden, sie würden durch die Vampyren ausgesaugt, und daß die, aus einer solchen Einbildung entstehende, Furcht in ihnen eine so heftige Veränderung verursacht, daß sie darüber das Leben einbüßen."*(7).
Die nüchterne *Preußische Societät* merkt zum Fall der jungen Stanacka an, dass *„dergleichen Weiber, wenn sie von melancholischer Complexion, zu nächtlicher Zeit in Träumen und sonsten sich allerhand fürchterliche Gesichter vorstellen können"* und schließt, der Tadel *„der Vampyrschafft (sei) nur auf lauter arme Leute gebracht, und man (habe) ohne vorgängige (...) Untersuch- und Erörterung die Todten in den Gräbern geschimpfft und als Maleficanten tractirt."*(8).

Die gebildeten Schichten des westeuropäischen Bürgertums hielten die Vampire also zumeist für ein Produkt von Hirngespinsten, Aberglauben und Hysterie. Die Bauern, Hirten und einfachen Leute in den östlichen Grenzregionen des christlichen Europas jedoch konnten sich keinen Reim darauf machen, dass die Lebenden erkrankten, immer dünner und schwächer wurden und dahinsiechten, derweil die Toten in den Gräbern scheinbar immer wohlgenährter wurden und gesünder aussahen als zu Lebzeiten. Weil die angeblichen Vampiropfer ihre Angreifer namentlich benennen konnten, wurde den Angaben nachgeforscht, und was man in den Gräbern fand, war erschreckend und verstörend zugleich. Alleine die verzeihliche Unkenntnis von Verwesungsprozessen hatte gereicht, um die Legendenbildung in Gang zu setzen.

Heute weiß man, dass

- begrabene Leichname etwa achtmal langsamer verwesen als im Freien. Durch Luftabschluss kann sich dieser Zeitfaktor noch verlängern, da die zersetzenden Bakterien Sauerstoff benötigen;
- sich Blut und Fäulnisflüssigkeiten in den Hohlräumen des Körpers sammeln und über Atemwege und Körperöffnungen herausquellen („frisches Blut"), dabei schäumend und blubbernd austreten, was als „Schmatzen" interpretiert werden kann;
- Fäulnisgase zu einer Aufblähung des Leichnams führen („wohlgenährtes Aussehen");
- sich Oberhaut und Fingernägel abschälen, und darunter, wie eine neue Schicht, die Lederhaut sichtbar wird.

Doch wie erklärt man sich heutzutage die Krankheitssymptome? In Fluchingers Bericht liest man davon, dass die Dorfbewohner Medvegias Fleisch des Viehs verspeisten, welches sie verendet auf der Weide gefunden hatten. Den Tod der Tiere schob man den Vampiren in die Schuhe.
Moderne Wissenschaftler sehen darin den Schlüssel zum Verständnis der Vorgänge, denn nicht eine „Vampirseuche", sondern vielmehr der gefürchtete Milzbrand könnte die Erklärung sein. Milzbrand ist eine Infektionskrankheit, die Rinder, Schweine, Schafe und Pferde befallen kann. Sie ist durch Fleischgenuss auf den Menschen übertragbar. Nach etwa zwei bis drei Tagen zeigen sich erste Auswirkungen wie Lymphdrüsenschwellung, Fieber, Schüttelfrost, die sich zu einer oft tödlich verlaufenden Lungenentzündung steigern. Im Endstadium kann es zu einer rötlich-bläulichen Verfär-

bung der Lymphknoten am Hals kommen. Einem medizinischen Laien konnte sich dies als Würge- oder Saugemal darstellen.
Der Krankheitsverlauf und die Übereinstimmung mit den damals beschriebenen Symptomen legen also nahe, dass nicht untote Blutsauger, sondern vielmehr eine gefährliche und damals unbekannte Viehkrankheit das große Sterben in Medvegia verursachte. Das Fieber, die Atemnot, das Gefühl eines eingeschnürten Brustkorbs – all dies könnte bei den halb besinnungslosen Kranken den

Der Zustand der bei den Exhumierungen entdeckten Leichen stellte die erschreckten Wissenschaftler, Mediziner und Theologen vor Rätsel.

Die Gelehrten des 18. Jahrhunderts konnten sich nicht auf eine befriedigende Erklärung für den Erhaltungszustand der vermeintlichen Vampire einigen.

Eindruck erweckt haben, jemand würde sich auf sie legen und sie würgen.
Ein im Fieberwahn und Todesangst ausgesprochener Verdacht, und schon entsteht ein Gerücht, das durch die Funde auf den Friedhöfen nicht widerlegt, sondern sogar bestätigt wird ...
Auch wenn das Zentrum des Vampirglaubens in Osteuropa lag, so hatte der Blutsauger auch in anderen Weltgegenden seinen Auftritt. In einem Land, in dem man es nicht erwartet hätte – den Vereinigten Staaten von Amerika –, brachte die moderne Archäologie einen Fall ans Licht.

Im Jahre 1993 findet ein Arbeiter am Rande einer Kiesgrube in Connecticut einen menschlichen Schädel. Die herbeigerufenen Archäologen untersuchen das Areal und entdecken einen vergessenen Friedhof, der anhand von Grabinschriften aus dem 18. und 19. Jahrhundert als der Familienfried-

hof der Waltons identifiziert wird. Unter den ausgegrabenen Skeletten ist eines makaber zugerichtet: Man hatte die Leiche enthauptet und den Schädel auf die gekreuzten Beinknochen gelegt. Die Rippen waren zertrümmert, scheinbar war die Brusthöhle geöffnet worden, um das Herz zu entnehmen.
Der Fund ist eine Sensation – denn das verstümmelte männliche Skelett ist der Beweis für eine Vampirexekution!
Die Grabplatte bezeichnet den Toten mit den Initialen „J.B.“. J.B. muss zu Lebzeiten ein großer und kräftiger Mann gewesen sein. Doch in seinen letzten Lebensjahren, so ergaben Untersuchungen seiner Knochen, litt er an der „Schwindsucht“, der Lungentuberkulose. Die Tuberkulose ist eine Infektionskrankheit, bei der man sich meistens über die Atemwege durch Tröpfcheninfektion ansteckt. Mangelnde Hygiene, kalte, klamme und zugige Wohnverhältnisse sowie schlechte Ernährung begünstigen den Ausbruch, weshalb die Tuberkulose als typische „Arme-Leute-Krankheit“ bezeichnet wird. Zunächst äußert sich die Krankheit in Müdigkeit, Blässe, Appetitlosigkeit und leichtem Fieber, die wieder abklingen, kehrt dann aber mit Bluthusten und Lungenbluten wieder und kann zum Tode führen.
Möglicherweise war J.B. der erste in seiner Familie, der an der Schwindsucht erkrankte. Während seiner Bettlägerigkeit wurde er von den Angehörigen gepflegt und versorgt, und als er schließlich, ausgezehrt und entkräftet, verstarb, hatte er seine Verwandten bereits infiziert. Wochen, vielleicht Monate nach J.B.s Beisetzung, erkrankten dann auch die Hinterbliebenen an der Tuberkulose.
Und während ein Walton nach dem anderen bleich, hustend und abmagernd dahinwelkte, erinnerte man sich in ratloser Verzweiflung an die Überlieferungen aus der alten Heimat. Die Sagen und Legenden von den Vampiren waren das unsichtbare „Gepäck“ der armen Einwanderer aus Europa.
Bald schon wurde, was zuerst nur eine dunkle Ahnung war, immer mehr zur Gewissheit: J.B. hatte Schuld, J.B. war ein Wiedergänger, J.B., der einstmals geliebte Bruder, Vetter und Freund war – ein Vampir! Also zogen die Waltons auf den Friedhof und öffneten J.B.s Grab. Der Leichnam war aufgedunsen, sah aber für die Ausgräber aus, als sei er gut genährt. Seine Gesichtsfarbe wirkte gesund. Die Kranken dagegen waren blass und abgemagert, ihre Lebenskraft schien ihnen förmlich ausgesogen. Der Schluss lag nahe: Der Tote ernährte sich von den Lebenden.
Die Wut der Waltons entlud sich an der Leiche. Nachdem der Kopf abgeschlagen war, entriss man dem toten Körper das Herz, um es als Zutat für einen „Zaubertrank“, der vor Vampiren schützen sollte, zu verwenden. Eine wahrhaft makabere Wendung: So wurde J.B. tatsächlich zum „Todesbringer“, denn die blutige Vampirhinrichtung verteilte die langlebigen Erreger der Tuberkulose, die Tuberkel, aus dem Kadaver unter die Umstehenden. Der Heiltrank aus Blut, Herz und Erde vom Grab des Vampirs war in Wirklichkeit ein todbringender Cocktail.

Die Menschen hatten damals keine Kenntnisse über die Abläufe der Verwesungsprozesse, über Bazillen wie Tuberkel und andere Krankheitserreger, über Infektionskrankheiten und Seuchen. Die Ursachen der meisten Krankheiten lagen noch im Dunkeln, die Medizin, so wie wir sie heute kennen, steckte noch in den Kinderschuhen. Man darf sich darum nicht wundern, wenn unsere

Vorfahren aus Unwissenheit und Aberglauben die falschen Schlüsse zogen und die Existenz von Vampiren für wahr hielten. Das Archäologenteam von 1993 wusste mehr: Als die Wissenschaftler die Überreste von J.B. untersuchten, trugen alle Handschuhe und Mundschutz. Denn auch nach über 150 Jahren hätten sie durch die Tuberkel aus dem Grab des unglücklichen „Vampirs“ infiziert werden können.

Vampire und Heilige

Im 18. Jahrhundert empörte sich ein Herr Laurentius Hentschel: *„Wer bitte wird denn so blind im Geiste sein, daß er nicht mit mir bestätigte, daß im serbischen Vampirismus die Hand des Teufels erkennbar wird, der dort sein Spiel treibt?“(9)*. Die Vampirismus-Debatte wurde durchaus zwiespältig geführt: Während die meisten Gelehrten die Naturwissenschaften zur Erklärung bemühten – wenngleich mit manchmal haarsträubenden Argumenten –, sahen andere in den Vampiren den Beweis für das Wirken dämonischer Kräfte. Denn das angebliche Umherwandeln der Blut saugenden Untoten war ein geradezu gotteslästerlicher Angriff auf den christlichen Glauben an die Auferstehung. Dennoch ist die rasche und nachhaltige Verbreitung des Vampirglaubens gerade im südosteuropäischen Raum, so widersinnig dies auch klingen mag, vor allem auf den starken griechisch-orthodoxen Glauben der Bevölkerung zurückzuführen. In der orthodoxen Kirche gibt es nämlich einen Abschnitt in der Exkommunikationsformel, in dem es heißt, der mit dem Bann belegte Sünder solle *„in Ewigkeit nicht zu Aschen werden, sondern wie Stein und Eisen unverweslich liegen“*. Erst wenn dieser Fluch von ihm genommen werde, könne er zerfallen und seine Seele in den Himmel eingehen. Dieses Kirchendogma gab den abergläubischen Phantasien der Landbewohner weitere Nahrung und einen quasi theologischen Unterbau. Hatte ein Toter also Wochen und Monate scheinbar unversehrt im Grab gelegen, so war für den gläubigen Betrachter klar, es hier mit einem bösen, gottlosen Wesen zu tun zu haben.
Was in der orthodoxen Kirche als eindeutiger Hinweis dafür galt, dass man es mit einem Vampir zu tun hatte, ist dagegen im westeuropäischen Katholizismus der erste Schritt zur Seligsprechung. Unvergänglichkeit des Fleisches gilt hier als auserwählte Gottesgnade. Neben einem gottesfürchtigen Leben, dem Glaubensmartyrium oder vollbrachten Wundern ist die Unverweslichkeit ein weiterer Mosaikstein zur Selig- oder gar Heiligsprechung.

Im einem weiteren Punkt kommt die Rolle der Kirche zum Tragen: Der ungarische Arzt Georg Tallar untersuchte in der zweiten Hälfte des 18. Jahrhunderts Vampirismus-Fälle in Serbien und Rumänien. Auch er beobachtete die allgemeinen Anzeichen, die man für Folgen von Vampirbissen hielt – Fieber, Verdauungsprobleme, Blässe, Mattheit, Übelkeit. Tallar jedoch führte die Krankheit der vermeintlichen Vampiropfer auf die extremen Fastenvorschriften der orthodoxen Kirche zurück. Diese verlangten der vor allem im Winter ohnehin schlecht ernährten Bevölkerung das Letzte ab.

Erst die Literatur machte aus dem namenlosen »Untoten« einen dämonischen, übersinnlichen Todesengel.

Dadurch traten Mangelerscheinungen auf, die mit den Symptomen der angeblichen Vampirkrankheit übereinstimmten. Tallar gelang es, die Kranken durch Arzneien und ausgewogene Ernährung wieder zu stärken.

Die Angst vor Vampiren war so stark und gleichzeitig so faszinierend und schlüssig, dass sie alle Glaubensgrenzen überwand und bis ins katholische Polen schwappte. Hier war die Geistlichkeit – anders als in Ungarn und Serbien, wo sich Militär und weltliche Gerichte darum kümmerten – für die Verfolgung der Vampire zuständig. Und sie erkannte bald, wie „nützlich" die Angst vor dem Blutsauger für die Kirche auch sein konnte, die daraufhin von den Priestern geschickt geschürt wurde. So war das leichtgläubige Volk einfacher zu Geldzahlungen für Messen und Exorzismus-Rituale zu bewegen. Und da zum Vampir würde, wer gegen die Gebote der Kirche verstieß, waren die Gläubigen auch leichter bei der Stange zu halten.

Der Versuch der polnischen Kirchenoberhäupter, sich diese Praxis durch die päpstliche Obrigkeit legitimieren zu lassen, schlug allerdings fehl. Papst Benedikt XIV. (1675–1758, seit 1740 Papst), der als Gelehrter, Förderer der Naturwissenschaften und Bewunderer Voltaires galt, verachtete den Aberglauben und antwortete belustigt: *„Es ist zweifellos die große Freiheit Polens, die euch das Recht gibt, nach eurem Hinscheiden spazieren zu gehen. Hier (in Rom), ich bekenne es, sind unsere Toten ebenso ruhig wie schweigsam."*(10).

Doch selbst ein päpstliches Machtwort konnte den Irrglauben an die Vampire nicht stoppen.

Von Wiedergängern und Nachzehrern – Die Wurzeln des Vampirglaubens

Ein Glaube an das Jenseits und ein Leben nach dem Tode existiert bei fast allen Kulturen rund um den Erdball. Dieser Glaube ist uralt und Teil der menschlichen Zivilisation. Nach dem Dahinscheiden trennt sich die Seele vom Körper, so die weit verbreitete Auffassung. Den Verstorbenen werden möglichst ehrenvolle Toten- und Begräbnisriten bereitet, damit ihr Übergang in das „Reich der Ahnen" gut verläuft und sie dort weiterleben können wie im Diesseits. Das ist auch der Ursprung der Grabbeigaben, die in vielen Kulturen üblich sind – ein Zeichen der Ehrerbietung, die den Toten besänftigen sollen, auf dass ihm auf dem Weg nach „Drüben" nichts fehle und man ihm keinen Grund gibt, noch einmal wiederzukehren.

Mit den zunehmend verfeinerten Vorstellungen über das Leben im Jenseits wurde auch die Angst vor Wiedergängern größer, vor Verstorbenen, die im Grab keine Ruhe finden und zu den Lebenden zurückkehren. Wiedergängertum wurde gesehen als

- Unglück infolge der Todesart, wenn jemand vor seiner Zeit starb, etwa im Krieg oder durch einen Unfall, er also sein Leben noch nicht „zu Ende gelebt" hatte;
- Strafe für Verfehlungen zu Lebzeiten, zum Beispiel bei Verbrechern, Mördern und Gotteslästerern;
- als Möglichkeit zur Rache für Menschen, die im Leben schlimmes Unrecht erlitten hatten.

Dass die Menschen schon in grauer Vorzeit

Die Furcht vor Wiedergängern ist tief in die menschliche Psyche eingegraben und Voraussetzung für den aufkeimenden Vampirglauben.

Wiedergänger fürchteten, zeigen archäologische Grabfunde. Hockerleichen mit abwärts gerichtetem Gesicht, geköpfte Skelette oder Schädel, in denen Nägel steckten, werden von den Wissenschaftlern als Vorkehrungen und Abwehrmaßnahmen gegen Wiedergänger gedeutet.

Die Furcht vor Untoten, Geistern und Dämonen mit vampirischen Gelüsten zieht sich wie ein roter Faden quer durch alle Zeiten, Kulturen und Kontinente. Im antiken Griechenland fürchtete man sich vor den gespenstischen *Lamien*. Sie stammten von Lamia, der Geliebten des Göttervaters Zeus, ab. Von Zeus' eifersüchtiger Ehefrau Hera in den Wahnsinn getrieben, tötete Lamia ihre eigenen Kinder. Seitdem zog sie in schlaflosen Nächten umher und raubte anderen Müttern die Kinder oder verführte arglose Jünglinge, um deren Blut zu trinken und Fleisch zu verspeisen. Die Griechen kannten auch die *Empusen*, die ihre Gestalt verändern konnten, und die *Striges*, dämonische Mensch-Vogel-Wesen, die beide nach Menschenblut lechzten.
In Indien erzählte man sich von den blutgierigen *Gandharven* und *Pisâchas*, die schlafende Frauen heimsuchten. Der armenische Berggeist *Daschnavar* soll einsamen Wanderern aufgelauert und ihnen Blut aus den Fußsohlen gesogen haben. Auch die *Ovenguas* aus Neuguinea, die *Dayaks* auf Borneo und der *Giang shi* in China waren Blut trinkende Dämonen. Die Inkaindianer kannten die *Canchus* oder *Pumapmicuc*, die Schla-

fenden das Blut abzapften, um deren Lebenskraft zu erlangen und dem Teufel zu huldigen. Dies sind nur einige Beispiele.

Als direkten Vorfahren des Vampirs könnte man den Nachzehrer bezeichnen. Der Nachzehrer war eine besondere, bösartige Form des Wiedergängers mit einer großen Gier nach Leben. Man nahm an, der Verstorbene würde im Grab liegend an seinem Totenhemd kauen oder das Leichentuch verzehren und dabei schmatzende Geräusche von sich geben. Dadurch würde den Angehörigen des Toten die Lebenskraft „ausgezehrt" und sie müssten ihm ins Grab folgen. Wenn man dem Treiben des Nachzehrers keinen Einhalt gebot, so könnte nach und nach das ganze Dorf entvölkert werden.
Der Prediger Martin Böhm berichtete 1601: *„Man hat in Pestilenzzeiten erfahren, daß tote Leute, (...) die an der Pest gestorben, im Grabe ein Schmätzen getrieben, als eine Saw, wenn sie isset: und das bey solchem Schmätzen die Pest heftig zugenommen, und gemeiniglich im selben Geschlecht die Leute häuffig nach einander gestoben.*"(11).
Ausgelöst wurde dieser Glaube an Nachzehrer vermutlich vom Aussterben kompletter Familien bei Epidemien. Da die nahen Angehörigen engsten Kontakt mit dem Verstorbenen gehabt hatten, war die Möglichkeit der Ansteckung natürlich besonders groß. So konnte der Eindruck entstehen, das erste Seuchenopfer ziehe die anderen Sippenmitglieder zu sich ins Grab.
Wenn die Pest auf ihrem Höhepunkt wütete, kam es sicherlich nicht selten vor, dass manch ein in Agonie liegender Kranker irrtümlich für tot gehalten und voreilig auf den Gottesacker geschleppt wurde. Man

Die Menschen im 18. Jahrhundert glaubten sich noch leibhaftig von Vampiren und Nachzehrern verfolgt. Erst die Schriftsteller darauf folgender Generationen verlegten den Wirkungskreis der Vampire in schauerlich-romantische Ruinenlandschaften.

kann sich lebhaft den Schrecken für die Totengräber vorstellen, wenn sich die vermeintliche Leiche dann regte und klagte – für abergläubische Gemüter gewiss ein Grund, an wiederkehrende Tote zu denken. Überhaupt wird das versehentliche Begraben von Scheintoten von manchen Forschern für die Entstehung von Wiedergängerlegenden mitverantwortlich gemacht.

Für heutige Volkskundler vereinigt der Vampir fünf typische Schreckensbilder unterschiedlicher Kulturen in sich: die des Wiedergängers; der alp-ähnlichen Heimsuchung durch nächtliche Geister; der Blut saugenden Wesen wie die Lamien und Striges des Altertums; der Hexen, die auch nach ihrem Tode noch Schaden anrichten können; und der Werwölfe, also Kreaturen in Wolfsgestalt, die in wilder Raserei Menschen anfallen.
Die Liste der Umstände, die jemanden angeblich zu einem Vampir machen konnten, ist sehr lang und von Region zu Region, je nach kulturellem Hintergrund, verschieden. Danach würden unter anderem Personen im Tode zu Vampiren, die

- zu Lebzeiten von einem Vampir gebissen oder umgebracht wurden
- Verbrecher oder Mörder waren oder Todsünden begangen hatten
- schon zu Lebzeiten als Hexen oder Zauberer galten
- unehelich oder an Unglückstagen geboren wurden
- Selbstmord begingen
- sich als Christen zum Islam bekehren ließen
- exkommuniziert wurden
- ihre Sterbesakramente nicht empfangen hatten.

Die Kaschuben zum Beispiel glaubten, dass ein Kind, welches mit Zähnen, einem roten Fleck oder einer „Glückshaube" auf dem Kopf geboren wurde, dazu verdammt sei, zum Vampir zu werden. Anderswo war man der Ansicht, wenn eine Katze über einen aufgebahrten Toten stieg, müsse dieser ein Vampir werden. Unter anderem auch darum wurde Totenwache gehalten.
Man sieht, die Wahrscheinlichkeit, nach dem Ableben als blutsaugender Untoter diffamiert zu werden, war relativ hoch. In einigen Gebieten, zum Beispiel in Landesteilen von Rumänien, ging man darum grundsätzlich dazu über, die Bestatteten nach einer bestimmten Zeit wieder zu entgraben, um ihren Zustand zu beurteilen.

Die ersten Hinweise auf „echte" Vampire stammen aus dem europäischen Mittelalter. Mit dem Beginn des 17. Jahrhunderts verdichteten sich die zunächst schwammigen Gerüchte von Toten, die lebenden Menschen das Blut raubten. In den meisten Fällen wurde nach Öffnung ihrer Gräber mit Entsetzen festgestellt, dass die Beschuldigten keinerlei Verwesungsmerkmale zeigten, dafür voll „frischen Geblüts" waren. Meistens handelte es sich bei den angeblichen Untoten um gesellschaftliche Außenseiter, die zu Lebzeiten Verhaltensabnormitäten gezeigt oder Selbstmord begangen hatten, aus der Kirche ausgeschlossen worden waren oder einer ethnischen Minderheit angehört hatten. Hier drängt sich zweifellos der Eindruck auf, dass man für damals unerklärbare Phänomene Sündenböcke suchte.
Doch erst die große Vampirismus-Debatte der 1730er Jahre, deren Höhepunkt das publizistische Echo auf Johannes Fluchin-

gers Bericht (siehe Kapitel „Auf der Suche nach Erklärungen“) war, brannte den Mythos des Blutsaugers vollends in das kollektive Gedächnis Europas ein.
Im westeuropäischen Raum war der Vampirglaube nicht so stark verbreitet und es ist nur von vereinzelten Fällen die Rede. Die wahre Vampir-Hysterie tobte auf dem Balkan, in den slawischen Ländern und Ungarn.

Bald hatte man einen regelrechten Katalog von Maßnahmen erstellt, die vor der Heimsuchung durch Vampire schützen sollten. Schon vor der Beerdigung wurde mutmaßlichen Wiedergängern ein Geldstück in den Mund gelegt (der so genannte „Zehrpfennig“), an dem der Tote statt am Halse der Hinterbliebenen zehren konnte. Auch das Auslegen von Mohnkörnern, Kirschkernen oder Rosendornen in und um das Grab sollte helfen, da man die Vampire für zwanghafte Zähler hielt. Somit waren sie bis zum Morgengrauen beschäftigt und konnten nicht auf die nächtliche Jagd gehen. Vielerorts wurden verdächtige Tote kurzerhand mit dem Gesicht nach unten begraben, so dass sie keinen Weg aus ihrem Sarg heraus finden konnten. An Fenster und Türbalken hängte man Knoblauchzöpfe. Diesen starken Geruch verabscheuten die Vampire, hieß es. Ein Brauch übrigens, der im ländlichen Rumänien bis heute weit verbreitet ist. Erbrachten diese Abwehrmaßnahmen allerdings nicht den gewünschten Erfolg, wurde zu weitaus drastischeren Mitteln gegriffen: Der vermeintliche Vampir wurde ausgegraben, man trieb einen Pflock durch sein Herz, stach den Kopf ab und verbrannte die Leiche schließlich zu Asche. Heilung und Schutz versprach man sich auch davon, Erde vom Grab des Vampirs zu essen oder dessen Blut zu trinken und sich damit einzuschmieren. Ein schauderhafter Einfall und – wie wir im Falle des amerikanischen „Vampirs“ J.B. schon gesehen haben – sehr gefährlicher Irrglauben!

Im Jahre 1755 werde in Hermersdorf nahe der schlesisch-mährischen Grenze der Fall der angeblichen Vampirin Rosina Polakin bekannt. Der Dahingeschiedenen wurden nächtliche Überfälle auf die Dorfbewohner vorgeworfen. Als man ihr Grab öffnete, zeigte sich ihr Körper erwartungsgemäß „im Vampirstande“, er war also noch unverwest.

Maria Theresia von Österreich (1717 - 1780) galt als aufgeklärte Monarchin.

Die Familie der Verstorbenen wurde daraufhin gezwungen, die Leiche durch ein Loch in der Friedhofsmauer zu ziehen und außerhalb des Gottesackers den Leib ihrer An-

gehörigen zu enthaupten und zu verbrennen. Diese damals wohl gängige Praxis hatte jedoch in diesem Falle ein Nachspiel: Als Kaiserin Maria Theresia in Wien von der Sache hörte, entsandte sie zwei Ärzte zur genauen Untersuchung des Vorfalls.
Der Bericht entsetzte sie. Gerard van Swieten, ihr oberster Hofarzt (1700–1772), empfahl ihr, den „abstoßenden Aberglauben" durch Gesetze zu verbieten. Der aufgeklärte Mediziner sah im Vampirismus ein Produkt aus Alpträumen, Unwissenheit und mangelnder Bildung. Außerdem führte er rechtliche Argumente gegen die Exhumierungen an, schließlich seien dies frevelhafte Schändungen der Friedhöfe, durch die die Rechte der Hinterbliebenen aufs Gröbste verletzt und die Pietät mit Füßen getreten würde. Man erarbeitete einen Gesetzeserlass, der 1756 wirksam wurde, in dem nicht nur der Vampirglauben, sondern auch gleichzeitig Wahrsagerei, Schatzgräberei und die unsäglichen Hexenverfolgungen verboten wurden. Zwar regte sich noch einige Zeit Widerstand in den auf Unabhängigkeit bedachten Gemeinden Ungarns, doch damit war, zumindest in diesem Land, das Ende der Vampirverfolgungen gekommen.

Durch fortschreitende Aufklärung flaute allmählich die Angst vor den Vampiren ab. Nur in entlegenen und rückständigen Gebieten kam es noch vereinzelt zu den beschriebenen Vampirritualen. Doch wenn sich die Menschen auch fortan mit exzessiven Totenschändungen zurückhielten, so blieb der Glaube an Vampire noch lange wach.

Der französische Philosoph und Aufklärer Voltaire (eigentlich: Francois Marie Arouet, 1694 - 1778).

Dies zeigt der vielleicht letzte Fall aus dem Jahre 1913, als in Sensburg/Ostpreußen eine Leiche geköpft wurde, um deren vampirhafte Aktivitäten zu stoppen. Die Täter glaubten, dadurch eine Sterbeserie innerhalb der Familie beenden zu können. Um wie vieles weiter und weiser war da doch Voltaire, der schon um 1770 eine sehr moderne Deutung des Vampirs lieferte: *„Weder in London noch in Paris war von Vampiren die Rede. Ich gestehe, daß es in diesen beiden Städten Börsenspekulanten, Händler, Geschäftsleute gibt, die eine Menge Blut aus dem Volk heraussaugen, aber diese Herren sind überhaupt nicht tot, allerdings ziemlich angefault. Diese wahren Sauger wohnen nicht auf Friedhöfen, sondern in wesentlich angenehmeren Palästen."*(12).

Der kultivierte Vampir

Ein Mythos wird geboren

Unsere heutige Vorstellung von Vampiren wurde im verregneten Sommer des Jahres 1816 geboren, als sich in der Villa Diodati am Genfer See eine illustre Gesellschaft zusammenfand. Es trafen sich die damals schon bekannten Dichter Lord George Gordon Byron und Percy Bysshe Shelley sowie die mit Shelley liierte, erst achtzehnjährige Mary Godwin und Byrons Arzt Dr. John William Polidori.

Als Folge des schlechten Wetters versammelte man sich am Kamin und debattierte tage- und nächtelang über Politik, Philosophie und okkulte Phänomene, und es wurden Gespenstergeschichten vorgelesen. Eines Abends machte Byron den Vorschlag, dass die Anwesenden selbst versuchen sollten, eine unheimliche Erzählung zu verfassen. Mit mehr oder weniger Eifer machten sich die Beteiligten an die Aufgabe. Shelleys Text blieb ein Fragment, auch Byron brachte kaum mehr als einen Entwurf zustande. Die junge Mary dagegen entwickelte einen Stoff, mit dem sie später unter dem Namen Mary Wollstonecraft Shelley Weltruhm erlangte: „Frankenstein". Der Roman erschien 1818. Polidori scheiterte vollständig an seiner Geschichte, also eignete er sich kurzerhand die Ideen von Byron an und fertigte daraus eine Novelle, der er den Titel „The Vampyre" gab und die 1819 unter Lord Byrons Namen veröffentlicht wurde. Als Byron davon erfuhr, distanzierte er sich sofort von der Urheberschaft und vom Vampirthema überhaupt: *„Ich habe nebenbei eine persönliche Abneigung gegen 'Vampire' und die Kenntnis, die ich von ihnen habe, könnte mich auf keinen Fall verleiten, ihre Geheimnisse zu enthüllen."*(13).

Dabei scheint Polidori seine Hauptfigur, den Vampir Lord Ruthven, nach Byrons Vorbild geformt zu haben: Er stellt ihn als verführerischen, melancholischen Charismatiker dar. Ruthven, der Vampir, ist in dieser Geschichte nicht mehr der wahllos tötende Unhold der Volkssagen, sondern ein faszinierender, schöner, aber böser Antiheld. Der aristokratische Untote reist zur Ballsaison

Mit Lord Ruthven betritt der Archetyp des aristokratischen Blutsaugers die Bühne.

Der Vampir der Literatur entfernt sich allmählich von den Volkssagen der Vergangenheit. Das neue Bild des kultiviert-bösartigen Grafen prägt seitdem unsere Vorstellung.

nach London, wo er Einfluss auf den jungen Edelmann Aubrey gewinnt. Bald begleitet Aubrey den Lord auf Reisen quer durch Europa. Die beiden hinterlassen eine Spur von blutleeren Leichen schöner Frauen. Erst allmählich dämmert dem ahnungslosen Aubrey, wer oder was sich hinter seinem Mentor verbirgt. Doch da befindet sich schon seine Schwester im Bann des Vampirs. Am Ende stirbt Aubrey vor Aufregung an einem Gehirnschlag, seine Schwester erliegt dem schurkischen Blutsauger, der daraufhin spurlos verschwindet.

Neu an Polidoris Novelle ist, dass sie – anders als damals gängige Geschichten dieser Art – kein gutes Ende nimmt. Trotzdem (oder gerade deshalb) wurde sie sofort ein großer Erfolg. Es scheint fast, als hatten seine Zeitgenossen nur darauf gewartet. Nachdem die Wissenschaften die Vampire ins Reich des Aberglaubens und der Volkssagen verwiesen hatten, wurde paradoxerweise gerade unter den aufgeklärten Westeuropäern das Bedürfnis nach dem Übersinnlichen wieder größer. Die Autoren dieser Zeit hatten ein sensibles Interesse an religiösen, philosophischen und volkskundlichen Themen. Die alten, schon etwas abgegriffenen Gespenster der antiken Sagen wurden ersetzt durch die Werwölfe und Vampire, die noch in den Köpfen des gerade erst vergangenen Jahrhunderts spukten.
In den Salons der feinen Gesellschaft waren Diskussionen über Okkultismus und Vampirismus an der Tagesordnung. Die Feste und Bälle, auf denen sich die Aristokratie versammelte, waren auch Schauplatz und Bühne für Polidoris Lord Ruthven. Dieser adelige, bleiche, gewissenlose Wanderer zwischen dem Totenreich und der Welt der Lebenden prägte die Figur des Vampirs für lange Zeit, er wurde stilbildend und zu einem Grundmythos der Schauerliteratur. Dadurch wurde, wie Dieter Sturm sagt, *„der Vampir endgültig aus der Folklore erlöst.“*(14).

Die Unsterblichkeit der Vampire: Von den Schriftstellern zugleich als Segen und Fluch des Vampirseins dargestellt.

„The Vampyre“ wurde in Deutschland und Frankreich zum Bestseller, eine Theaterfassung von 1820 feierte in Paris Triumphe und war ständig ausverkauft. Die Lieder aus dem Stück wurden zu Gassenhauern. Als einige Jahre später der überaus populäre Hauptdarsteller verstarb, wollte ihm die Pariser Geistlichkeit ein christliches Begräbnis verwehren, weil er eine derart „verruchte“ Rolle verkörpert hatte. Erst der Protest von dreitausend Fans des Schauspielers auf dem Trauerzug bewegte die Kirche zum Einlenken.

Bald schossen neue Vampirdramen wie Pilze aus dem Boden, das Thema wurde auch als

Oper in ganz Europa ein großer Kassenmagnet. Die meisten Vampirmachwerke waren allerdings eher für den schnellen Konsum gedacht und wiesen wenig künstlerische Qualitäten auf, wie etwa der Fortsetzungsschocker „Varney the Vampire or the Feast of Blood" („Varney der Vampir oder das Blutfest") von Thomas P. Prest, 1847.
John Polidori brachte „The Vampyre" indes kein Glück: Seine Freundschaft mit Byron zerbrach nach einem heftigen Streit, bei dem die Urheberfrage durchaus eine Rolle gespielt haben mag. Der kommerzielle Erfolg seines Stücks verleitete ihn dazu, den Arztberuf aufzugeben und sich der Schriftstellerei zu widmen. Doch ein weiterer literarischer Coup gelang ihm nicht, stattdessen häuften sich seine Spielschulden. Zwei Jahre nach Erscheinen des „Vampyre" beging Polidori in London Selbstmord.

In der zweiten Hälfte des 19. Jahrhunderts wenden sich die Dichter vermehrt der Frau als Vampir zu. Die weiblichen Vampire bedienen sich einer tödlichen Erotik, um zumeist Jünglinge und schwärmerische Verehrer zu verlocken. Dem morbiden Reiz von weißer Haut und blutroten Lippen können sich die Opfer nicht entziehen; einmal im Bann der „femme fatale", ergeben sie sich in befremdlich lustvoller Selbstaufgabe und sehnen den finale Biss als eine Art „Todeskuss" herbei.
Ein Klassiker dieser Richtung der Vampirliteratur ist Sheridan LeFanus „Carmilla". In der 1872 erschienenen Erzählung des irischen Schriftstellers erschleicht sich Carmilla die Freundschaft der ahnungslosen Laura, die mit ihrem Vater ein einsames Schloss in der Steiermark bewohnt. Doch hinter Carmillas bleicher Mattheit und ihrem melancholischen Wesen verbirgt sich die berechnende Vampirin Mircalla von Karnstein, die schon 150 Jahren zuvor verstarb.
Zwischen den beiden Mädchen entspinnt sich ein Geflecht aus Vertrauen, Verlockungen und Abhängigkeiten, in denen Laura bald gefangen ist. Doch bevor sie sich der arglistigen Carmilla bereitwillig hingeben

Die verführerische, bleiche, traurige Carmilla stellte einen neuen Typus des Vampirs dar.

„Jonathan Harkers Tagebuch: Bald waren wir unter Bäumen, deren dicht verschlungenes Geäst förmlich einen Tunnel über uns bildete ...; es pfiff und winselte durch die Felsen, und klatschend und krachend schlugen die Zweige der Bäume zusammen.“ (aus Stokers „Dracula“)

kann, wird die Vampirin enttarnt und nach allen Regeln der Vampirgeschichten in ihrem Grab exorziert.

Die sexuelle Komponente in den Vampirnovellen des viktorianischen Zeitalters ist offensichtlich. In einer Zeit, in der es unschicklich war, über dieses Thema öffentlich zu sprechen, dienten Andeutungen und mehr oder weniger versteckte Beschreibungen auch dazu, erotische Beziehungen zu schildern. Das alles wurde dann von den Autoren durch den Mantel einer „moralischen“ Gruselgeschichte verhüllt.

Man mag sich zu Recht fragen, ob der Erfolg des Vampirmythos ohne diese Zweideutigkeit von Lust und Schrecken ebenso groß und nachhaltig gewesen wäre. Den weiten Schritt von den Vampiren aus Medvegia zu den literarischen Vampiren seit Polidoris Novelle verdeutlicht Brittnachers Zusammenfassung:

„Wo der Vampir nichts anderes ist als ein dem Grab entstiegener Blutsauger, vermag er einen zwar handfesten, aber eben deshalb auch nur belanglosen Schrecken zu verbreiten. Nichts teilt er mit von der lustvollen Beklemmung und dem sadistischen Raffinement, die zum Gütesiegel des literarischen Vampirs werden sollten.“ (15).

Dracula, Fürst der Vampire

Der erfolgreichste Vampirroman aller Zeiten erschien 1897 in London. Sein Titel war so kurz und prägnant, dass er schon bald zum Synonym für das Wort Vampir wurde: „Dracula“.

Der Roman „Dracula“ ist seit seinem Erscheinen nie ausverkauft gewesen und somit eines der auflagenstärksten Bücher der

Welt überhaupt. Autor war der irische Schriftsteller Abraham Stoker, der sich selbst lieber Bram mit Vornamen nannte. Geboren 1847 in der Nähe von Dublin und Absolvent des traditionsreichen Trinity College, wurde Bram Stoker zunächst wie sein Vater Beamter.

Doch immer wieder zog es ihn ins Theater. 1871, nach dem Besuch eines Stückes mit dem Hauptdarsteller Henry Irving, war Stoker derart begeistert, dass er sich als Theaterkritiker und Autor von Erzählungen versuchte. Doch erst 1879 gab er den Beamtenberuf vollständig auf, heiratete Florence Balcombe – nachdem er sie Oscar Wilde ausgespannt hatte – und siedelte nach London über. Dort wurde er Privatsekretär des bewunderten und berühmten Mimen Henry Irving und Manager von dessen Lyceum Theater. Eine Tätigkeit, die er für die nächsten 27 Jahre innehatte.

Neben der umfangreichen Theaterarbeit war Stoker weiterhin als Schriftsteller aktiv. Seine Vorliebe galt dabei unheimlichen Stoffen. Inspiriert von seinem irischen Landsmann LeFanu, trug sich Stoker ebenfalls mit dem Gedanken, eine Vampirgeschichte zu verfassen. Wie „Carmilla“ sollte auch „The Un-Dead“ („Der Un-Tote“), so der Titel bis kurz vor der Drucklegung, in der Steiermark spielen, was Stoker allerdings später wieder verwarf.

Er wurde fleißiger Besucher des British Museum und der dortigen Bibliothek, er studierte Reiseführer, Landschaftsbeschreibungen, Fahrpläne und historische Werke. Dabei stieß er auch auf Transsylvanien, einen unwirtlichen – und darum für unheimliche Geschichten idealen – Landstrich am östlichen Rande Europas. Stokers genaue Landschaftsschilderungen wurden später gelobt, obwohl er diese Gegend selbst nie betreten hat. Durch die Bekanntschaft mit dem Orientalisten Arminius Vambery hörte Stoker auch von einem walachischen Fürsten namens Vlad Draculea. Das brachte ihn auf die geniale Idee, diese historische Figur mit dem Typus des Vampirs zu verknüpfen. Stokers Geschöpf sollte kein gewöhnlicher

Der irische Schriftsteller Bram Stoker (1847 - 1912).

Untoter sein. Ihm schwebte eine Art Über-Vampir vor, eine Figur, die ebenso animalischer Blutsauger wie verführerisch-kultivierter Aristokrat sein sollte. Inspiration bezog er mit Sicherheit auch aus den traumatischen Monaten im Jahre 1888, in denen der unheimliche Massenmörder Jack the Ripper London heimsuchte und so spurlos wieder verschwand, wie er aufgetaucht war. Bram Stoker arbeitete insgesamt sieben Jahre an seinem Buch. Die Art, wie er den Roman konstruierte, als quasi dokumentarische Sammlung von Tagebuchnotizen, Briefen und Protokollen, spiegelt dem Leser Authentizität vor. Ein formaler Handgriff, der den Einbruch des Übersinnlichen in den viktorianischen Alltag Furcht erregend real macht. Die Handlung wird aus den wechselnden Perspektiven verschiedener Personen geschildert. Der junge Rechtsanwalt Jonathan Harker wird von Graf Dracula auf sein Karpartenschloss bestellt, um über den Verkauf von Grundstücken in London zu verhandeln. Nach und nach wird Harker klar, dass er nicht Gast, sondern Gefangener Draculas ist. Während der alptraumhaften Zeit auf dem Schloss wird er von drei Vampirfrauen heimgesucht.

Dracula macht sich derweil per Schiff auf den Weg nach England. Die stürmische Überfahrt wird begleitet vom allmählichen Verschwinden der Schiffsbesatzung, die dem Vampir als Reiseproviant dient. Als der Schoner in den englischen Hafen von Whitby getrieben wird, sind alle Seeleute tot. Dracula macht sich nun in England auf die Suche nach neuen Opfern. Als erste verfällt ihm die lebenslustige Lucy, eine Freundin von Mina, der Verlobten Jonathan Harkers. Auch den drei tatkräftigen Männern, die um die Hand Lucys anhalten, gelingt es nicht, sie vor dem Grafen zu beschützen.

Als letzte Rettung wird Dr. Abraham van Helsing gerufen, Vampirologe und ebenbürtiger Gegenspieler Draculas, doch auch er

„Jonathan Harkers Tagebuch: Plötzlich kam es mir zum Bewusstsein, dass der Kutscher den Wagen in den Hof eines großen, ruinenhaften Gebäudes lenkte, aus dessen weiten, schwarzen Fenstern nicht ein einziger Lichtstrahl kam und dessen zerbröckelnde Zinnen sich wie eine gezackte Linie von dem nunmehr wieder mondhellen Himmel abhoben.“ (aus Stokers „Dracula“)

kann nicht verhindern, dass Lucy stirbt. Er ordnet an, dass sie nach der Beerdigung mit dem Pflock von ihrem Vampirdasein erlöst wird. Dracula hat es derweil auf Mina abgesehen. Doch noch bevor der Vampir sie zu seiner Gefährtin machen kann, schaffen es van Helsing, Harker – dem die Flucht aus Transsylvanien gelungen ist – und die Verehrer Lucys, alle Verstecke des Grafen zu zerstören und ihn damit in die Flucht zu schlagen. Die Jagd führt sie zum großen Showdown nach Schloss Dracula, wo dem gräflichen Vampir schließlich der Garaus gemacht wird.

Bram Stoker schuf damit den ultimativen und berühmtesten Blutsauger der Literaturgeschichte. Doch er sorgte auch für seine endgültige Vernichtung, denn er setzte seinem Dracula einen van Helsing entgegen, dessen fanatischer und unversöhnlicher Kreuzzug gegen die Vampire ein ebenbürtiges Spiegelbild der Taten des Grafen ist. Tatsächlich ist van Helsing sogar noch mächtiger als Dracula, denn er kann sich sowohl seine Kunde der Sagen und Religion wie auch die Methoden der modernen Wissenschaften zunutze machen. Dagegen wirkt der an seine Vampirregeln gebundene Dracula wie ein Anachronismus aus der alten Zeit.
Die Mittel zur Bekämpfung der Vampire sind annähernd die gleichen geblieben wie in den alten Volkssagen: Knoblauch, Pflock und Enthauptung – doch Stoker und seine Kollegen haben dem Vampir noch weitere Handicaps auferlegt. Sonnenlicht bringt sie um, Spiegel reflektieren sie nicht, Kruzifixe, Weihwasser und Hostien bereiten ihnen Schmerzen, sie können ein Haus nicht betreten, wenn sie nicht hereingebeten werden.

Vampirjäger auf der Suche nach Graf Dracula. Stoker stellte dem Vampir mit Dr. van Helsing einen ebenbürtigen Feind gegenüber.

Heute jagt uns der Vampir keine Angst mehr ein – im Gegenteil. Sogar im Kinderbuch ist er unterhaltsam und erfolgreich, wie in Angela Sommer-Bodenburgs Reihe „Der kleine Vampir“ (Illustration von Magdalena Hanke-Basfeld).

Der Katalog wurde von Erzählung zu Erzählung erweitert, so dass die dämonische Kraft der Vampire deutlich eingegrenzt wurde und die Sterblichen Möglichkeiten hatten, sich zu wehren.
„Dracula“ blieb das einzige Werk von Bram Stoker, dass seinen Schöpfer überdauerte. Es war ihm nicht vergönnt, noch eine vergleichbar fulminante Erzählung zu schreiben oder seinen Erfolg richtig auszukosten. Stoker starb, nahezu verarmt, 1912 in London. Die Todesursache war laut Totenschein „Erschöpfung“.

Draculas endgültiger Siegeszug begann erst mit der Umsetzung des Stoffes für die Bühne. In den zwanziger Jahren gab es mehrere Theaterfassungen, die in England und den USA große Publikumsrenner waren.
Bei jeder Aufführung waren vom Veranstalter engagierte Krankenschwestern unter den Zuschauern, um bei eventuellen Ohnmachtsanfällen erste Hilfe leisten zu können. Aber vermutlich war dies nichts weiter als ein cleverer Werbegag, der die Sensationslust des Publikums anstacheln sollte.
1927, zur 250. Jubiläumsvorstellung in London, bekamen die Zuschauer am Eingang ein schwarzes Päckchen überreicht. Darin fand man eine Sonderausgabe mit Stokers Erzählungen sowie eine lebende Fledermaus, die beim Öffnen verschreckt davonflatterte.
Mit „Dracula“ begann die Kulturindustrie, die dunkle, romantische und unheilvolle Welt der Vampire für ihre Zwecke zu vereinnahmen. Doch je weiter man sich von den Wurzeln entfernt, desto trivialer und weniger bedrohlich werden oft die Erzeugnisse: Theater, Kinofilme, Kinderbücher, Musicals, Komödien, Comichefte, Fernsehen, Werbung, Schlager, Scherzartikel von Plastikvampirgebissen bis zu Vampirpuddings – heute scheint es, als sei der Vampir eine universal einsetzbare Figur, Teil eines großen Reservoirs an Mythen, aus dem beliebig geschöpft werden kann.
Nur manchmal noch ahnt man einen Hauch des Schreckens, schimmert blass das Grauen hinter den bunten Produkten unserer Konsumgesellschaft hervor: Dann schwant uns, dass die Vampire von sehr viel tiefer kommen ...

Vampirfilme – Filmvampire

Seine größte Massenwirkung entfaltete der Vampirmythos nicht durch die Literatur oder das Theater, sondern durch ein neues Medium: den Film.
Kaum hatten die Bilder laufen gelernt, griffen die Produzenten schon begierig nach dem Stoff, der für eine filmische Umsetzung wie geschaffen schien. Erste Filme mit Vampirtiteln gab es ab 1909. Diese befassten sich allerdings weniger mit übersinnlichen Blutsaugern, sondern benutzten das Wort „Vampir“ als Variante von „Vamp“, einer männerverderbenden Frauengestalt.
Aus der Unzahl von Filmen, die sich seitdem direkt oder indirekt mit dem Vampirthema auseinander setzten, seien hier die wichtigsten herausgegriffen:
Der erste bedeutende Vampirfilm und zugleich ein Klassiker des Stummfilms ist der

Filmvampir Max Schreck, 1922.

1922 in Deutschland gedrehte „Nosferatu“. Unter der Regie von Friedrich Wilhelm Murnau spielte Hauptdarsteller Max Schreck einen Vampir, der mit der gepflegt-düsteren Ausstrahlung der Romanfigur des Dracula nur wenig gemein hatte. Murnaus Graf Orlok ist ein kahlschädeliges, rattenzahniges, verwachsenes Ungeheuer, das eine beängstigende Ähnlichkeit mit einer lebendig gewordenen Leiche hat. Damit ist „Nosferatu“ viel näher an den alten Volkslegenden als die meisten Erzählungen und anderen Vampirfilme.
Trotz der gänzlich anders angelegten Figur des Grafen, trotz veränderter Namen und Schauplätze strengte Bram Stokers Witwe einen Plagiatsprozess gegen die Produktionsfirma an. In ihren Augen waren die wesentlichen Motive des Films aus dem „Dracula“-Roman entliehen – womit sie nicht ganz falsch lag. Sie gewann den Prozess und alle Negativ-Rollen des Films sollten laut Urteil vernichtet werden. Zum Glück für die Nachwelt blieben einige Kopien erhalten.

Eine gänzlich andere Darstellung von Vampiren feierte in den zwanziger Jahren auf den Bühnen des Broadway Triumphe. Umjubelter Star dieser Inszenierungen war der aus Ungarn stammende Schauspieler Bela Lugosi. Was also lag näher, als ihn zum Hauptdarsteller des nächsten großen amerikanischen Vampirfilms zu machen, der 1931 in der Regie von Tod Browning gedreht wurde. Lugosi war als Titelheld „Dracula“ eine elegante Erscheinung mit enormer Ausstrahlung. Er sprach zeitlebens mit einem schweren ungarischen Akzent. Was sonst für einen Schauspieler von Nachteil gewesen wäre und Lugosi jahrelang auf Rollen von

Filmvampir Bela Lugosi, 1931.

Filmvampir Christopher Lee, 1958.

Schurken und ausländischen Bösewichten festnagelte, erwies sich für die Darstellung des Grafen Dracula von großem Vorteil. Nach dem enormen Erfolg des Films drehte Lugosi noch eine lange Reihe weiterer Vampirfilme von unterschiedlichster Qualität. Er stilisierte sich selbst sogar privat zum Vampir und förderte dieses Image, indem er zum Beispiel seine Herkunft hervorhob und betonte, dass es in seiner Heimat wirklich Vampire gäbe. Als er 1956 starb, wurde er in seinem schwarzen Dracula-Umhang begraben.
Eine Neubelebung des Horror- und Vampirfilmgenres ging 1958 von der englischen „Dracula"-Version aus. Die Titelrolle spielte ein Schauspieler, der bis dahin nur in Nebenrollen zu sehen gewesen war und der nun zu *dem* Gesicht Draculas wurde: Christopher Lee. Unter Regisseur Terence Fisher spielte Lee den 1958er „Dracula" als charmanten, aristokratischen Prinzen der Finsternis, als erotischen Verführer und Verderber. Lees bravouröser Gegenpart in diesem und weite-

Filmvampir L. Quarrier bedrängt R. Polanski, 1967.

ren Filmen der britischen „Hammer"-Studios war Peter Cushing. In „Dracula" spielte er den Vampirjäger van Helsing mit unerbittlicher, puritanischer Ernsthaftigkeit. Nachdem das Publikum die Regeln des Vampirgenres verinnerlicht hatte, konnten auch Parodien darauf gedreht werden. Die wohl gelungenste und stimmungsvollste Vampirkomödie ist die französisch-britische Koproduktion „Tanz der Vampire" von 1967, in der Roman Polanski Regie führte und auch die Hauptrolle übernahm. Weitere Mitspieler waren Jack MacGowran, Sharon Tate und Ferdy Mayne.

Die siebziger Jahre brachten die beachtenswerte Neuverfilmung von „Nosferatu". Der deutsch-französische Film von 1979, in der Regie von Werner Herzog, ist eine Hommage an den Stummfilmklassiker von 1922. Hier spielt – auffallend zurückhaltend – der Exzentriker Klaus Kinski einen beeindruckenden Vampir, der an seinem Schicksal leidet. Weitere Darsteller sind Isabelle Adjani und Bruno Ganz.
Nachdem man spätestens in den 80er Jahren glauben konnte, der Vampirfilm sei durch billig und stilbrüchig heruntergekurbelte Streifen endgültig ausgereizt, gab es in den neunziger Jahren wider Erwarten zwei eindrucksvolle amerikanische Neuproduktionen.
Den Anfang machte der mit drei Oscars ausgezeichnete Film „Bram Stoker's Dracula" von 1992. Regie führte Francis Ford Coppola. Dieser opulente Bilderreigen ist eine recht werkgetreue Umsetzung der Romanvorlage. Im Film wird auch die Verbindung zum historischen Vlad Draculea wiederhergestellt, die so lange verschüttet war. Mitwir-

Filmvampir Gary Oldman, 1992.

Filmvampir Klaus Kinski, 1979.

Filmvampir Tom Cruise, 1994.

kende sind Gary Oldman als Dracula, Winona Ryder als Mina, Anthony Hopkins als van Helsing sowie in weiteren Rollen Keanu Reeves und Tom Waits.
1994 folgte „Interview mit einem Vampir", gedreht nach einem Roman der amerikanischen Autorin Anne Rice. Regie führte Neil Jordan, zu den Schauspielern gehören Tom Cruise, Brad Pitt, Christian Slater und Antonio Banderas. In diesem Film wird vor allem auf die Leere hingewiesen, die die unendlich lange Zeit der Unsterblichkeit mit sich bringt, und auf die Gewissensbisse, die den Vampir wegen seiner Untaten quälen.

Während die früheren Vampirfilme für die Macher auch eine Möglichkeit waren, in verdeckten, verschlüsselten Andeutungen sexuelle Tabus darzustellen, war diese Symbolhaftigkeit spätestens in den siebziger Jahren nicht mehr vonnöten. Denn mit dem Fall der Zensurschranken gab es immer freizügigere Filme, die ohne Umschweife zu ihrem Thema kommen konnten. Einige Filmkritiker sahen deshalb schon das Ende der Filmvampire gekommen.
Doch die neuen Vampire widmen sich weniger dem Sex, als vielmehr der Liebe. In Coppolas Film sieht Dracula in Mina die Wiedergeburt seiner vor 500 Jahren verstorbenen Frau. Weil sie damals Selbstmord beging, war er aus Verzweifelung und Rache an Gott, der dieses zugelassen hatte, freiwillig zum Vampir geworden.
Auch in „Interview mit einem Vampir" sind die Blutsauger liebesbedürftig. Die langen Jahrhunderte des Vampirdaseins haben aus ihnen innerlich zerissene Melancholiker gemacht. Als der Vampir Louis seine kindliche Gefährtin Claudia verliert, empfindet er Trauer und Einsamkeit.
Indem der neue Vampirfilm seinen Helden Gefühle gestattet, macht er sie zu Sympathieträgern und Identifikationsfiguren.

Streifzug durch die Geschichte

Das Geburtshaus von Vlad Draculea in Sighisoara, das seit über 500 Jahren nahezu unverändert blieb.

Von ainem wutrich der hies Tracle waida

Hat es Dracula wirklich gegeben? Immer wieder wird die Frage laut, ob die Geschichte wirklich einen authentischen historischen Kern hat. Man ist geneigt zu glauben, dass Dracula ein Phantasieprodukt von Bram Stoker war, weil es doch Vampire nicht wirklich gibt. Das ist zwar richtig; allerdings hat ein Mann namens Dracula tatsächlich einmal gelebt. Er war, um es vorwegzunehmen, kein Blut saugender Vampir. Doch sein Leben und seine Taten waren mindestens ebenso Schrecken erregend.

In den vergangenen dreißig Jahren ist es den Historikern gelungen, ein genaueres Bild von Dracula, Woiwode (Landesfürst) der Walachei, aus dem Dunkel der Vergangenheit herauszuschälen. Man fand alte Dokumente und Berichte, die sehr aufschlussreich waren, wie etwa das Pamphlet „*Von ainem wutrich der hies Tracle waida von der Walachei*“, das der fahrende Dichter und Söldner Michel Beheim um 1463 verfasste. Es war eine kriegerische Zeit, in die unser „Held“ 1431 im Siebenbürgischen Schäßburg (Sighisoara) hineingeboren wurde. Sein Vater Vlad II. Dracul wurde 1435 Woiwode der Walachei und nannte den Sohn Vlad III. Der Name Dracul rührt von der Mitgliedschaft des Vaters im Drachenorden her, eines Geheimbundes, der es sich zur Aufgabe gemacht hatte, die katholische Kirche vor den osmanischen Türken zu beschützen. Der kleine Vlad bekam daher den Beinamen Draculea, „Sohn des Drachen“.

Als Woiwode über die Walachei zu herrschen, war keine einfache Aufgabe. Es war

ein kleines Land, eingekeilt zwischen den großen Machtblöcken des christlichen Königreiches Ungarn und des sich ausdehnenden islamischen Osmanenreiches. Um die Unabhängigkeit der Walachei zu wahren, mussten ihre Herrscher einen politischen Eiertanz vollführen und waren gezwungen, ständig wechselnde Koalitionen mit den großen Nachbarn einzugehen.
Die Türken wollten Vlads II. Wohlverhalten erzwingen, indem sie seine Söhne Radu und Vlad Draculea als Geiseln nahmen. Die Zeit der Gefangenschaft 1442–48 muss Draculea stark geprägt haben, denn von da an war sein Wesen von tiefem Misstrauen und Rachegelüsten erfüllt.

Vlad III Draculea, genannt Tepeş (1431-1477).

Nachdem sein Vater von innenpolitischen Gegnern umgebracht worden war, setzten die Türken Draculea 1448 auf den walachischen Herrscherthron, doch schon nach zwei Monaten wurde er wieder vertrieben. In den folgenden acht Jahren bereiste Draculea Europa und nahm an der Seite Ungarns an Kämpfen gegen die Osmanen teil. In dieser Zeit muss er sich enorme Kenntnisse in der Kriegskunst und im Ränkespiel der Politik erworben haben. 1456 sah er seine Chance gekommen: Mit Hilfe der Siebenbürger Sachsen marschierte er in die Walachei ein, um den Woiwoden zu stürzen und seine eigene Regentschaft wiederherzustellen.
Seine Herrschaft über das kleine Land wurde zu einer Schreckenszeit, nicht nur für seine Untertanen, sondern auch für seine Nachbarn. Zunächst schwor Draculea sowohl dem ungarischen König wie auch dem osmanischen Sultan den Treueeid. Damit hatte er erst einmal den Rücken frei, um mit seinen innenpolitischen Rivalen um die Macht in der Walachei aufzuräumen. Da die Siebenbürgischen Städte mittlerweile Gegenkandidaten um den Posten des Woiwoden unterstützten, überfiel er das Land mit seinen Truppen. Mordend und sengend wütete er unter der Bevölkerung, die ihn vor kurzer Zeit noch unterstützt hatte, und ließ Männer, Frauen und Kinder ohne Unterschied und Gnade pfählen. Das brachte ihm den Beinamen Tepeş, „der Pfähler“, ein.
Das Pfählen war eine grausame Hinrichtungsart, bei der die unglückseligen Opfer bei lebendigem Leib auf lange Stangen gespießt wurden. Unter unbeschreiblichen Schmerzen litten die Verurteilten stunden-, manchmal sogar tagelang, bevor der Tod sie endlich erlöste.
Später nahm sich Draculea die Gegner im Inneren vor. Er lud fünfhundert eigensinnige Bojaren (mächtige Großbauern) unter dem Vorwand eines Festessens in sein Schloss ein, ließ dort alle verhaften und sie samt ihren Familien pfählen. Der Besitz und die Ände-

Vlad Draculea, den man den „Pfähler" nannte, bittet im Angesicht seiner gemarterten Opfer ungerührt zu Tisch (Zeitgenössischer Holzschnitt).

reien der getöteten Bojaren wurden dann dem Woiwoden zugeschlagen.
Vlad Draculea wütete gegen seine inneren und äußeren Feinde mit solcher Grausamkeit, dass man ihn für wahnsinnig halten könnte. Doch hinter seinen sadistischen Taten steckte Methode, sie dienten alle dem Machterhalt und der Stärkung seiner Autorität.

Um 1460 kamen Sultan Mehmet II. (1432–1481) erhebliche Zweifel an der Treue seines walachischen Vasallen, als Draculea einer türkischen Gesandtschaft die Turbane an den Köpfen festnageln ließ, weil sie diese vor ihm nicht hatten abnehmen wollen. Solche und andere unverhohlene Provokationen führten zum offenen Krieg mit dem Osmanischen Reich. Eine mächtige türkische Armee zog gegen die Walachei. Doch Draculea vermied wegen seiner zahlenmäßig kleineren Truppen eine offene Feldschlacht mit dem überlegenen Heer. Er wandte eine Guerilla-Taktik an: kurze, heftige Angriffe in unübersichtlichem Gelände oder bei Nacht; die List der „verbrannten Erde", bei der die vorstoßenden Türken nur verlassene Dörfer, vernichtete Ernten und vergiftete Brunnen vorfanden; und die psychologische Zermürbung des Gegners, da alle Gefangenen gefoltert und gepfählt wurden. So kamen die türkischen Truppen kurz vor Draculeas Hauptstadt Tirgovişte durch den „Wald der Gepfählten", in dem wohl an die 20 000 Gegner des Woiwoden hingerichtet und zur Schau gestellt waren.
Diese und ähnliche Taten waren es, die Draculea den „Nachruhm" des unerbittlichen Kämpfers gegen die Türken eintrugen.
Dennoch gelang es den Osmanen, einen großen Teil der Walachei unter ihre Kontrolle zu bekommen, denn Vlad Draculea konnte nicht mit der Hilfe seiner christlichen Nachbarn Ungarn und Moldau rechnen. In derartiger Bedrängnis spannen auch die Bojaren und die Siebenbürger Sachsen ihre Intrigen gegen den Woiwoden, um endlich doch noch seine Untaten an ihnen zu rächen. Die des Krieges und der Grausamkeiten müden Walachen sehnten sich nach Frieden in ihrem geschundenen Land und waren nur allzu gerne bereit, Draculea in den Rücken zu fallen.
Der ungarische König Matthias Corvinus (1443–1490) ließ Draculea 1462 gefangen nehmen und in die Burg Visegrád schaffen.

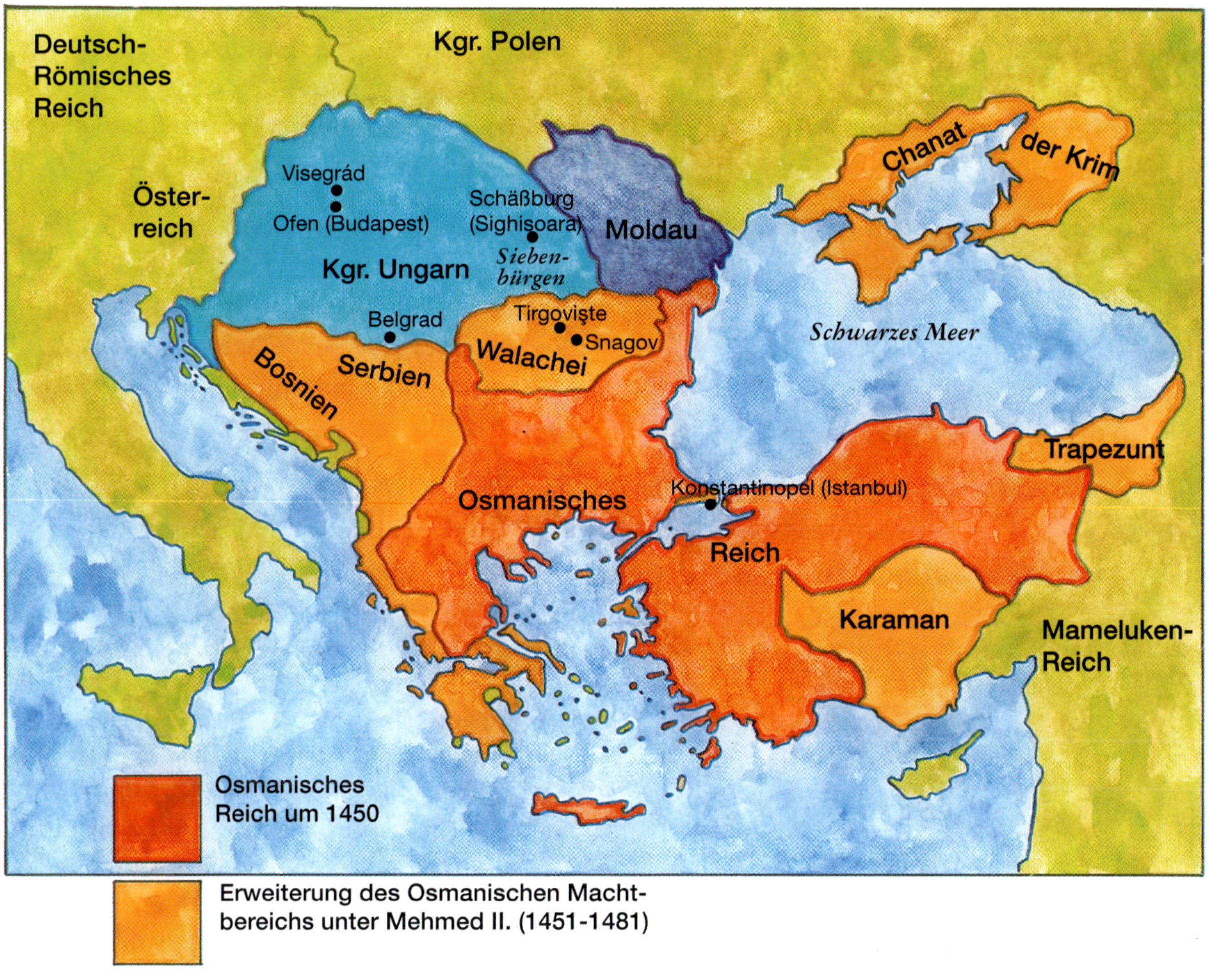

Südosteuropa zur Zeit von Vlad Tepeş.

Dort verbrachte er die nächsten zwölf Jahre. Ob er die Gefangenschaft in Kerkerhaft oder einer Art Hausarrest verlebte, ist nicht näher überliefert.

Doch damit war Draculea noch nicht ganz von der politischen Bühne verschwunden. Als das Osmanische Reich 1474 erneut in die Walachei und Moldau einfiel, erinnerte man sich in Ungarn des „Pfahlwoiwoden“, dessen Ruf den Türken immer noch großen Schrecken einflößte. Wieder in Freiheit und als Heerführer eingesetzt, rückte Draculea mit ungarischen Soldaten gegen die Türken vor. Im November 1476 wurde er wieder zum Woiwoden der Walachei ausgerufen. Dieser Ehre konnte er sich allerdings nicht mehr lange erfreuen. Zum Jahreswechsel 1476/77 endete sein Leben ebenso gewaltsam, wie er es geführt hatte: Ein Mordanschlag kostete ihm im wahrsten Sinne den Kopf. Draculeas Haupt wurde – der Legende nach – in Honig konserviert, um Sultan Mehmet II. vorgeführt zu werden. Der Osmanenherrscher wollte ganz sicher sein, dass sein grausamer Widerpart auch

Vlad Draculea in Gefangenschaft auf Burg Visegrad.

wirklich tot war. Draculeas Gebeine sollen ihre letzte Ruhe im Kloster Snagov, unweit dem heutigen Bukarest, gefunden haben. Trotz seiner unbeschreiblichen Untaten, die, so schätzen Forscher, zwischen 40 000 und 100 000 Menschen das Leben kosteten, trotz der Flugblätter und Drucke, die vor allem in Deutschland kursierten und die Greueltaten Draculeas anprangerten, geriet die Person des Walachenfürsten allmählich in Vergessenheit. Erst als Bram Stoker diese historische Schreckensgestalt zu neuem Leben erweckte, begann man langsam wieder die Hintergründe zu beleuchten.
Interessanterweise scheint ausgerechnet der kommunistische Diktator Rumäniens, Nicolae Ceaucescu, eine Schwäche für Vlad Draculea gehabt zu haben. Bewunderte hier ein Potentat den anderen um dessen Rücksichtslosigkeit und Machtfülle? Ceaucescu jedenfalls feierte Draculea als Nationalhelden und Befreiungskämpfer und identifizierte sich persönlich mit dem Woiwoden: „Einen Mann wie mich gibt es nur alle 500 Jahre." Ende 1989, als die kommunistische Gewaltherrschaft gestürzt wurde, floh Ceaucescu in die Nähe des Klosters Snagov. Doch auch Draculea konnte ihn und sein Regime nicht mehr retten.

Die blutige Gräfin

Bei der Arbeit an seinem Roman stieß Bram Stoker auch auf eine Person, die in ihren Taten kaum weniger grausam, aber deutlich „vampirischer" zu Werke gegangen war als Vlad Draculea. Die Sagenfigur des Vampirs fand in ihr eine schreckliche und leider auch reale Manifestation. Diese Person hieß Elisabeth Báthory, und ihr Beiname „blutige Gräfin" war alles andere als eine Untertreibung. Elisabeth Báthory wurde 1560 als Kind eines ebenso reichen wie vornehmen ungarischen Adelsgeschlechts geboren. Wie damals üblich, wurde sie schon im Alter von 11 Jahren mit dem Sohn eines anderen Adelshauses verlobt und musste zu dessen Familie ziehen. Kurz vor ihrem fünfzehnten Geburtstag wurde sie mit Ferenc Nadasdy verheiratet. Ferenc, genannt der „Schwarze Ritter", war selten im heimischen Schloss, meistens war er auf Feldzügen gegen die Türken unterwegs.
Wenn der Gatte dann doch einmal zu Hause weilte, brachte er sich zur Zerstreuung gerne einige türkische Gefangene mit, die er zum Vergnügen folterte. Elisabeth war eine aufmerksame und gelehrige Schülerin,

Die „blutige Gräfin" Elisabeth Báthory (1560-1614).

allerdings bevorzugte sie für ihre „Spielchen" junge Frauen als Opfer. Das Schlagen, Auspeitschen und Brandmarken ihrer bedauernswerten Dienerschaft gehörte noch zu den harmloseren Untaten.

Nach dem Tode ihres Mannes schien sie keinerlei Hemmungen mehr im Ausleben ihrer sado-sexuellen Phantasien zu haben. Zur Ausrüstung ihres Folterkellers gehörte eine „Eiserne Jungfrau", eine hohle, innen mit Eisenspitzen besetzte, menschengroße Figur, die sich seitlich öffnen ließ. Verschloss man den Deckel, so wurde das Opfer drinnen langsam und qualvoll aufgespießt.

Die Gräfin badete in den Strömen von vergossenem Blut, und sie trank es auch.

Oft beobachtete sie das grauenerregende Geschehen von einem wohlplazierten Stuhl aus, gab ihre Anweisungen und geriet unter den verzweifelten Schreien der Gemarterten in wollüstige Extase bis fast zur Ohnmacht.

Als sich keine Mädchen mehr unter falschen Versprechungen in ihre Schlösser locken ließen, sandte Elisabeth ihre Häscher in die umliegenden Dörfer, um Bauerntöchter als

„Nachschub“ zu kidnappen. Niemand gebot ihrem schrecklichen Tun Einhalt. Sie war die mächtige Herrin, ihr Einfluss war weitreichend. In der korrupten Feudalgesellschaft des beginnenden 17. Jahrhunderts wurde über derlei Untaten leicht hinweggesehen, wenn die Täter aus der Herrschaftsschicht stammten.
Während ihre Mordmaschinerie auf Hochtouren lief, bereitete die Beseitigung der Leichen jedoch langsam Probleme. Entweder versteckte die Báthory sie irgendwo im Schloss, bis der Gestank nicht mehr auszuhalten war, oder sie ließ die ausgebluteten Opfer einfach auf die Felder der Umgebung werfen, wo die Bauern sie fanden. Gut möglich, dass man das für Taten eines Vampirs hielt.

Als ihr auch Landmädchen und Dienerinnen nicht mehr genügten, vergriff Elisabeth sich an adeligen Jungfrauen, die sie mit dem Vorwand, ihnen eine gute Erziehung zukommen lassen zu wollen, an ihren Hof geholt hatte. Das war der entscheidende Fehler, denn das spurlose Verschwinden von Töchtern vornehmer Herkunft ließ sich nicht so einfach unter den Teppich kehren, wie dies damals vielleicht bei toten Bauernkindern möglich war.
Erst nach diesen Vorkommnissen, viel zu spät, entschloss sich der ungarische Justizapparat unter Anweisung des Königs zum Handeln. Bei dem Prozess 1611 stellte sich in den Verhören heraus, dass die blutige Gräfin 650 Mädchen ermordet hatte! Elisabeths Helfer wurden auf dem Scheiterhaufen hingerichtet, sie selbst erhielt dank ihrer hohen Stellung ein milderes Urteil: Zur Strafe wurde sie auf dem Schloss Csejthe in einem Zimmer eingemauert. Ihre letzte Verbindung zur Außenwelt blieb eine kleine Öffnung, durch die sie ihr Essen bekam. Elisabeth Báthory starb in ihrer dunklen Zelle drei Jahre später, 1614.
Die ungarischen Behörden vertuschten den Fall und versuchten erfolgreich, die Erinnerung an die blutige Gräfin auszulöschen. Erst in der Mitte des 19. Jahrhunderts entdeckte man die geheimen Gerichtsprotokolle wieder, die ein erschreckend grelles Licht darauf werfen, zu welchen Greueltaten Menschen fähig sein können.

Ein paar Worte zum Schluss

„Eine gute Horrorgeschichte wird sich ins Zentrum Ihres Lebens tanzen und die Geheimtür zu dem Zimmer finden, das – wie Sie glauben – außer Ihnen keiner kennt.“ (16)
Zu den zwei Urquellen der menschlichen Angst gehören die Angst vor dem Verlust des Blutes und die Angst vor dem Tod; der Vampirglaube spielt mit beiden. Blut ist das Symbol des Lebens schlechthin. Früh schon haben die Menschen begriffen, dass mit dem Blut, das aus einer Wunde fließt, auch das Leben des Verletzten dahinschwindet. Darum spielte der besondere Saft, der in unseren Adern fließt, schon in vielen Frühkulturen und Religionen eine besondere Rolle. Blutopfer waren Zeichen höchster Verehrung für die Götter. Im Alten Testament wird auf das Verbot für die Menschen hingewiesen, selber Blut zu trinken: *„...und ich habe (...) gesagt: Ihr sollt keines Leibes Blut essen; denn des Leibes Leben ist in seinem Blut. Wer es ißt, der wird ausgerottet werden.“* (3. Buch Mose 17,14)
Die tiefste Urangst überhaupt ist die Furcht

Vampire – auch ein Thema für die Kunst. Der norwegische Maler Edvard Munch interpretiert in seiner Lithographie von 1895/1902 den „Vampir" als gefährliche, Unheil bringende Frau, der sich ein Mann hingibt.

vor dem Tod, den Toten, den Begräbnisstätten. Was kommt nach dem Leben? Diese Frage stellt sich jeder Mensch irgendwann einmal. Die Religionen bieten verschiedene Antworten, doch Gewissheiten gibt es nicht. So war und ist die Vorstellung, dass jemand aus dem Totenreich unter die Lebenden zurückkehren kann, ein immer wieder reizvolles und zugleich unheimliches Gedankenspiel.

Blut, als Lebenssymbol, und Tod, als Zustand ohne Wiederkehr, waren die wesentlichen Zutaten für die Entstehung des Glaubens an Vampire.

Die Legenden um wiederkehrende Tote sind uralt, die richtige Vampirhysterie keimte aber erst gegen Ende des 17. Jahrhunderts auf. Angesichts der Lebensbedingungen jener Zeit sollte man jedoch die Menschen nicht vorschnell verurteilen, weil sie solchem Aberglauben aufsaßen. Gerade unter der bäuerlichen Landbevölkerung, in der der Vampirglaube entstand, waren die meisten Menschen ohne Schulbildung. Die Neuigkeiten erfuhr man damals noch nicht aus Zeitungen, Radio oder Fernsehen, man war auf Gerüchte vom Hörensagen angewiesen. Die Kirchen verbreiteten derweil ihre eigene

Sicht der Dinge, und die Worte der Priester wurden als göttliche Offenbarung geachtet. Die Wissenschaften steckten noch in den Kinderschuhen, Kenntnisse über den Verlauf und die Symptome von Seuchenkrankheiten oder das Wissen um die Zersetzungsprozesse toter Körper mussten erst noch mühsam erworben werden. Auch wenn es uns heute wundert, dass einige Gelehrte nur fragten, *wie* ein angeblicher Vampir sein Grab verlässt, und nicht, *ob* er dies überhaupt tun kann.
Der Vampirglaube war so stark, dass er sich mühelos über solche Ungereimtheiten hinwegsetzte, wie etwa die Frage, wie die Vampire ihre Särge verlassen könnten, ohne die Erde darüber aufzuwühlen.

Erst die Werke der Schriftsteller führten dazu, dass der Vampirschrecken sich zu einem ästhetischen Vergnügen wandeln konnte und damit ins Reich der Phantasien gebannt wurde. Aus dem Grauen erregenden Untoten, der seinem erdigen Grab entstieg, wurde ein geheimnisvoller Aristokrat mit langen Eckzähnen, brennendem Blick und dunklem Umhang. Er trieb sein Unwesen nicht mehr in den Bauerndörfern der einfachen Leute, sondern vergnügte sich auf den Schlössern der besseren Gesellschaft.
Die neuen Vampire sind nicht mehr nur bedrohlich, sondern auch faszinierend und verführerisch. In das Entsetzen vor den Blutsaugern mischt sich manchmal sogar ein bisschen Bewunderung.
Und wenn wir heute ein Vampirbuch lesen, so könnte unsere Sympathie durchaus zweigeteilt sein. Vielleicht zittern wir zusammen mit dem Opfer vor Angst und heimlicher Lust in Erwartung des Vampirbisses. Vielleicht aber beugen wir uns auch gemeinsam mit dem Vampir über den weißen Hals des Opfers …

Bibliografie

1 Gottfried Kirchner: TERRA X – Schatzsucher, Ritter und Vampire; Wilhelm Heyne Verlag, München, 1995.

2 Dieter Sturm, Klaus Völker (Hrsg): VON DENEN VAMPIREN; Suhrkamp Taschenbuch, Frankfurt a. M., 1994.

3 Gábor Klaniczay: HEILIGE, HEXEN, VAMPIRE – Vom Nutzen des Übernatürlichen; Verlag Klaus Wagenbach, Berlin 1991.

4 Ralf-Peter Märtin: DRACULA – Das Leben des Fürsten Vlad Tepes; Verlag Klaus Wagenbach, Berlin 1996.

5 Raymond T. McNally, Radu Florescu: AUF DRACULAS SPUREN; Ullstein, Berlin /Frankfurt a.M., 1996.

6 Stephen King: DANSE MACABRE – Die Welt des Horrors in Literatur und Film; Wilhelm Heyne Verlag, München, 1988.

7 E. Hoffmann-Krayer, H. Bächthold-Sträubli (Hrsg): HANDWÖRTERBUCH DES DEUTSCHEN ABERGLAUBENS Bd. I-X; Verlag Walter de Gruyter & Co, Berlin/Leipzig, 1927–42.

8 Hans Richard Brittnacher: ÄSTHETIK DES HORRORS; Suhrkamp Taschenbuch, Frankfurt a. M., 1994.

9 Reay Tannahill: FLEISCH UND BLUT – Eine Kulturgeschichte des Kannibalismus; Wilhelm Goldmann Verlag, München, 1979.

10 David Pirie: VAMPIR FILMKULT; Prisma Verlag, Gütersloh, 1977.

11 Rainer Dick: STARS DES HORRORFILMS; Verlag Thomas Tilsner, München, 1996.

12 Anke Teuber: Vampire. Ein Streifzug durch die Nacht in VII Stationen. In: FOGLIO – Seiten der Sinne, Magazin für Literatur, Kultur, Lebensart; Ausgabe Sommer 1997.

13 GROSSES UNIVERSAL-LEXICON aller Wissenschafften und Künste, Verlegts Johann Heinrich Zedler, Leipzig und Halle, 46. Band, 1745.

Zitate

(1) Über die so genannten Vampirs, oder Blut-Aussauger, so zu Medvegia in Servien, an der Türckischen Granitz, den 7. Januarii geschehen. Nürnberg 1732; zitiert aus #2, S. 453–454.

(2) Voltaire: Vampire; um 1770; zitiert aus #2, S. 485.

(3) Vogt: Kurtzes Bedenken von denen Actenmäßigen Relationen wegen derer Vampiren, Leipzig 1732; zitiert aus #2, S. 462.

(4) Der Königlichen Preußischen Societät derer Wissenschafften von denen Vampyren oder Blut-Aussaugern, Berlin, den 11. Mart. 1732; zitiert aus #2, S. 458–459.

(5) Augustin Calmet: Vom Erscheinen der Geister und denen Vampyren, 1746; zitiert aus #2, S. 479.

(6) Eines Weimarischen Medici mutmaßliche Gedanken von denen Vampyren, Leipzig 1732; zitiert aus #2, S. 463.

(7) Marquis d'Argens: Aaron Monceca, an Isaak Onis, einen Caraiten, und ehemaligen Rabbi von Constantinopel, London 1738; zitiert aus #2, S. 471.

(8) siehe (4), S. 459.

(9) zitiert aus #1, S. 136.

(10) zitiert aus #1, S. 135.

(11) Martin Böhm, Predigten, 1601; zitiert aus #2, S. 441.

(12) siehe (2), S. 484.

(13) George Gordon Byron, Brief an den Verleger Galignani, Venedig 1819; zitiert aus #2, S. 548.

(14) Dieter Sturm, Literarischer Bericht; zitiert aus #2, S. 548.

(15) zitiert aus #8, S. 127.

(16) zitiert aus #6, S. 22.